AMOURS ET VOYAGES

a

Tiré à petit nombre

PAR

DARANTIERE, IMPRIMEUR

A DIJON

Amours
et Voyages

PARIS

CHEZ LES BONS LIBRAIRES

—

1889

CITATION-PRÉFACE

Il est très bon de ne publier ses vers que quand les premiers mirages et la première rhétorique sont une fois passés. J'avouerai même que je ne conçois guère les recueils de poésie que sous forme de testament. S'il est vrai, comme le disait Shelley, que le rôle propre de la Poésie soit de « conserver le souvenir des visites de la Divinité dans l'homme, » il me semble qu'un tel memento de la vie intérieure ne peut atteindre les proportions d'un livre que chez peu de personnes, et encore après une longue expérience. Il y a des années entières, médiocres et plates, qui fourniraient une page ou deux. Il ne faut rien brusquer, rien forcer ; il faut qu'à la fin l'écrivain puisse dire : « Voici, d'une part, la collection de mes ouvrages impersonnels et publics, fruit de mes longues années d'application ; voici, d'autre part, dans un domaine séparé, un tout petit livre

où sont rassemblées seulement les reliques de ces ins-
tants de foi, très clairsemés, très rares, où j'avais
conscience soudain d'être un autre que moi-même.
Pour ces pages, j'ai préféré la forme rythmée qui, seule,
pouvait garder le charme indéfini de ces moments
heureux, en communiquer, en perpétuer le frisson (1).

(1) Paul Desjardins, *Journal des Débats*, du 23 mai 1889.

SES GRANDS YEUX

Ses grands yeux étonnés font le tour de sa tête
Et ses frisons follets me parfument la main ;
Sur sa lèvre que frange un filet de carmin
Par un baiser de feu j'ai scellé ma conquête.

Le carnaval étant de moitié dans la fête,
Il eût été cruel de me dire : à demain ;
Japonaise splendide, odalisque ou gamin,
Sous les déguisements une femme était prête.

Une femme — un esprit — une fleur — un oiseau
Dont le babil charmant verse comme une ivresse
Et me tient prisonnier sous un subtil réseau.

L'amour, en l'écoutant, incline à la paresse
Et je me dis : voilà ta dernière maîtresse,
L'enfant qui penche ainsi sa taille de roseau.

LE SERPENT

JE vous offre un serpent, ma charmante colombe ;
  Laissez-le s'enrouler sur votre bras charnu,
Et me représenter l'emblème convenu
De cette Eternité qui fait nargue à la tombe.

Laissez-le m'avertir que, pour que l'on succombe,
Un son de voix suffit, qu'un parler contenu
Charme et vous fait glisser sur ce sein demi-nu
Où l'or de tes cheveux s'éparpille et retombe.

L'aspic de Cléopâtre était un malappris :
Sous les figues caché, porter dans ses replis
Le trépas d'une femme aux beautés souveraines !

Quand l'alcôve aux recoins sombres va retentir
De baisers, de chansons qu'envîraient les sirènes,
De mourir ce n'est l'heure.... au plus de s'endormir.

CYPRIENNE

CYPRIENNE *veut dire : élève de Cypris,*
   La déesse de Chypre ainsi que de Cythère,
Qui compte des dévots jusqu'au bout de la terre
Et se reflète en deux yeux bleus comme l'iris.

Pour sa prêtresse Héro, Léandre au temps jadis,
Franchit, sans hésiter, l'Hellespont en colère ;
Terrassé par l'Amour qui la nomme sa mère,
Roméo, d'un balcon, faisait son paradis.

Enivrée au récit de ces passions saintes,
Vous raillez finement de trop molles étreintes
Et voulez qu'un piment ravigote vos mets.

Eh ! bien! je bondirai, s'il le faut, comme un tigre;
Sans souci du voisin qui brocarde ou dénigre,
Je crie, en te serrant : ne divorçons jamais !

MINA

Dᴇ *longs jours le chagrin me mina ;*
Je vivais mollement sur un fonds de tristesse,
Trompant par le travail un reste de jeunesse,
Dans les apprêts de bal je rencontrai Mina.

Ce lutin vite me domina :
Un sourcil noir et long qui se lève et s'abaisse
Remue un cœur lassé que la torpeur oppresse :
Mon visage de joie, encor s'illumina.

Depuis lors je dis et je répète
Le doux nom de ma mie, ohé! landerirette !
J'avoue avec dépit qu'il a le tour germain

Et que nos bons aïeux préféraient Guillemette,
Mais sous ce masque usé par la Prusse en goguette,
Rit un minois Français, même Parisien.

LA MARCHANDE A LA TOILETTE

Vainement j'ai voulu te soustraire à la griffe
  De ce démon qui vend des pourpres et des ors,
Vieille chouette au front bas, à l'esprit retors,
Qui d'un manche à balai ferait son hippogriffe.

Sa fille joue à l'ange et son fils l'escogriffe,
Dans les moments scabreux met flamberge dehors ;
Mais pour calmer ses nerfs et réparer des torts,
Il n'est que de palper les chiffons qu'il tarife.

Toute femme, dit-on, pose auprès d'un amant,
Se contraint et se guinde et puis va prestement
Se détendre et jaser chez quelque être vulgaire...

Si la plus noble cède à ce penchant falot,
Irais-je contre toi sans plus m'armer en guerre,
Toi qu'une paysanne évut d'un matelot ?

ÉPILOGUE

Un jour je m'avisai de l'inviter au bal,
  Un murmure flatteur accueillit son entrée,
Elle ne quitta point mon bras de la soirée
Et termina la nuit par un souper frugal.

Le lendemain j'ouïs une voix de cristal
Me dire : des soucis me voilà délivrée ;
Oh ! l'ingratitude est par moi chose ignorée,
Je ne suis pas cocotte et n'ai rien de vénal ;

Elle accepta pourtant un collier, une bague,
De ceux mis en dépôt, souvenir un peu vague,
Puis comme paraissaient les modes du printemps,

Il fallut à tout coup voir la bonne faiseuse...
Or vêtue et parée à mon compte, la gueuse
Veut encor me voler oooooo francs !

BON VOYAGE

Va, cours le monde, suis tes instincts de bohême,
Et dépense au hasard tes trente ans bien sonnés,
Darde à tout vent l'éclair de tes yeux charbonnés,
Tu me diras la suite et la fin du poème.

Quand tes cheveux moins drus sur ton visage blême
N'iront plus retombant à flots crespillonnés,
Que ton nez fera trogne, enfin que tes nenets
Seront plus aplatis que saurins de carême,

Lorsque dans ton étui de serge ou de droguet,
Tu tâcheras de vendre un programme au muguet
Qui franchit le trottoir où la foule s'allonge,

Peut-être qu'en voyant tes rêves à zéro,
Tu te repentiras d'un éternel mensonge
Et tu regretteras mon buen-retiro.

DU LIT AU CERCUEIL

Oui, *du lit au cercueil l'existence se traîne :*
Le lit, que mollement éclaire un demi-jour,
Est l'autel odorant où se pâme l'amour,
Le trône somptueux où toute femme est reine,

Pour les sens et l'idée aventureuse arène,
De membres arrondis il moule le contour,
Ou lorsque le poète aux muses fait la cour,
Devient le confident de ses chants de sirène.

Le cercueil dans la tombe où ne luit nul soleil,
Couvre enfin le lutteur pris du dernier sommeil
Et livre aux éléments une dépouille usée.

De la terre en travail la fleur du souvenir
Naîtra, de quelques pleurs en silence arrosée...
Où fleurira l'esprit, qui ne veut pas mourir ?

SOUVENIR DE VOYAGE

A PRÈS *un souper agréable*
Dans notre chambre nous montons :
L'astragale ni les festons
Ne la rendaient émerveillable,
C'était une espèce de nid
Dominé par quelques solives
Où des provisions captives
Se déployaient en ciel de lit.
Anna déposa sur la table
Un couteau trouvé par hasard
Et moi d'un sommeil délectable
Je savourai le doux nectar ;
La nuit était presque passée
·Et le jour ne semblait pas loin
Lorsque j'entendis par un joint
De l'hôte la voix courroucée :
Faut-il les tuer tous les deux ?
Dit-il ; oui, répondit sa femme,
Et puis plus rien... Quel affreux drame !

Dans ce rencontre hasardeux,
Je demeurai soufflant à peine,
Aussi froid qu'un marbre ; à me voir,
Vous n'eussiez su si dans ma veine
Coulait du sang, ou rouge ou noir.
Nous sans défense, et deux gros dogues
Hurlant en bas comme des loups !
Les Lestrigons, les Zaporogues
Nous auraient fait un sort plus doux.
Enfin, au bout d'un grand quart d'heure,
J'entends sur l'escalier quelqu'un :
Anna sursaute et même pleure...
J'entrevois l'hôte en sarrau brun ;
Dans une main il tient sa lampe,
Dans l'autre un de ses grands couteaux ;
Derrière lui, sa femme rampe ;
Je me blottis sous des fagots.
Il entre pieds nus ; à voix basse
La femme dit : va doucement,
A la clarté de l'huile grasse
Son nez luisait horriblement.
Quand le compère est sur l'échelle,
Il pousse au lit, et... d'un jambon
Détache une tranche fort belle
Puis se retire tout d'un bond...

Le matin, toute la famille
A grand bruit vint nous éveiller,
Ensuite une petite fille
Mit la nappe sans sourciller :
Deux chapons, dignes de la Bresse,
Apparurent : faut manger l'un,
Emporter l'autre, dit l'hôtesse,
Ce sont faisans pour le parfum.
Nous dûmes nous montrer sensibles
A ce traitement gracieux
Et je compris ces mots terribles :
Faut-il les tuer tous les deux ?

c

LE LAC DE ZURICH

Qu'il est riant, ô lac ! l'aspect de tes rivages !
Comme tes bords fleuris s'élèvent doucement
 Et reflètent leurs villages
 Dans l'azur du flot dormant !

Déjà du mont voisin la hutte aérienne
Se rapetisse et fuit sous son toit de bardeaux,
 De l'Albis toute la chaîne
 Développe ses anneaux.

Ces clochers, ces hauteurs redisent la victoire
Où douze jours entiers maint coup qu'on asséna
 Fit un vêtement de gloire
 A l'immortel Masséna.

Le pampre qui s'enlace aux fleurs demi écloses
Réalise au regard l'idylle de Gessner ;
 Avec le parfum des roses
 Son nom voltige dans l'air.

Sur ces bords ont passé les témoins des vieux âges,
Enfonçant dans le lac leurs simples pilotis,
    Puis le souffle des orages
    Les a soudain engloutis.

Salut, bosquets de l'Au, presqu'île où tout verdoie,
Où près de l'amitié le poète attendri,
    Sentit distiller la joie
    Dans son cœur endolori.

Allons, voguons toujours, point de quartier encore !
L'industrie en travail nous dit qu'il faut agir ;
    Du crépuscule à l'aurore
    Nous chômerons sans rougir.

Poussons jusqu'au désert dont l'antique chapelle
A disparu dans l'or et sous les oripeaux
    Voir si la Grâce m'appelle
    A servir sous ses drapeaux ?

Non, je suis demeuré l'enfant de la Nature
Sous ces voûtes de pierre et ces fresques sans fin,
    Dans la seule créature
    Je trouvai le Séraphin.

Des fils de Saint-Benoît recueillant la parole
Je me dis : oui c'est bon l'étude en ce séjour,
Mais je vais où l'on console
La science par l'amour.

LE LAC DE GENÈVE

S UR *ces rives où l'Abondance*
  Chez le vigneron simple et fort
Ainsi qu'aux palais où l'on danse
Vient épancher sa corne d'or,

Où l'amour couronna de lierre
Mon front que rien n'assombrissait,
Tandis que de la cime altière
L'image dans l'eau reluisait,

Où sur les rocs semés de mousse,
Le long des torrents écumeux,
Je rêvais, chimère bien douce,
De l'Ilissus chéri des Dieux,

Décor charmant de la Nature,
O lac! je songe aux jours lointains
Où tu n'avais comme ceinture
Qu'un désert vide encor d'humains ;

Sur ces boulevards où Genève
Attire l'Europe aux cent voix,
Roulait le Rhône dont la grève
Se perdait sous l'horreur des bois.

La plaine édénique et bénie,
Dont les fleurs ornent chaque enclos,
Répétait pour toute harmonie
Le hurlement des animaux.

Les cris d'aucune vendangeuse
Portant son doux faix au pressoir,
Nul pâtre à la flûte joyeuse
Ne saluaient l'astre du soir.

Point de rondes au clair de lune,
Point d'anniversaires touchants,
Point de couple allant à la brune
Cueillir la fleurette des champs,

Tout se taisait sur le rivage,
Sauf quand un urus mugissant,
Plein d'une volupté sauvage,
Au lac s'allait rafraîchissant.

Alors de ce chaos où l'onde
Bouillonnait à flots rebondis,
Le Seigneur fit sortir un monde
Brillant de grâce, un paradis.

Séjour rempli de tous les charmes
Que la Muse prête à Tempé,
Frais asile où, loin des alarmes,
Tout poète s'est retrempé.

Clarens aux terrasses paisibles,
Ton nom vit au livre éternel ;
Meillerie aux rochers terribles,
Ta gloire a monté jusqu'au ciel.

Vers tes cimes, où le nuage
Des froids torrents nourrit le cours,
Plus d'un vient en pèlerinage,
Soutenant du bras ses amours.

Pour l'élève quittant le maître,
Je vole à ta rive, Coppet,
Où Staël, lasse de paraître,
Dans son ennui s'enveloppait.

Puis à Ferney je vois Voltaire,
Apôtre immortel du bon sens,
A Dieu bâtir un sanctuaire
Et plaider pour les innocents.

Il crut, ô Liberté, ton trône
Fermement à Genève assis ;
Mais revenant aux bords du Rhône,
Peut-être il changerait d'avis.

Et pourtant c'est un beau spectacle,
Le soir d'un jour brûlant d'été,
Ce lac onduleux à miracle,
Et de pics géants surmonté.

Sous la cascade qui menace
De vous asperger de son flot,
Il est doux d'évoquer Horace,
En buvant le vin d'Albano,

Plus doux de cheminer ensemble
Sur les hauteurs de Cologny,
Où, dans le feuillage qui tremble,
L'oiseau vient suspendre son nid,

Et portant ses yeux de la vague
Jusqu'aux sommets étincelants,
Lire en deux yeux l'ivresse vague
Où s'abîment les cœurs vaillants,

Doux aussi de chercher la trace
De quelque ami qui dort là-bas
Et vous rappelle que tout passe
Et que la Mort ne trompe pas.

LE LAC DE THUN

Va, mon esquif, fends cet azur tranquille
   Qui te conduit au pied des monts géants,
Vers les jardins rocheux, vers les antres béants;
Vents frais, prêtez une aile à ce dauphin qui file.

A chaque tour de notre nef docile,
   Une autre forme aux reflets chatoyants
Monte et sur la forêt des sommets verdoyants,
Plane, comme un oiseau, dans l'éther, immobile.

Blümlisalp, fée au front tout fleuri de cristal,
Eiger, fier chevalier casqué d'un pur métal,
Jungfrau, vierge royale à la blanche couronne!

Touchons-nous aux états de Dame Fiction,
Ou si nous allons voir, au fond de quelque cône,
S'entr'ouvrir l'atelier de la Création?

LE LAC DE CONSTANCE

Deux *femmes s'avançaient vers nous d'un pas égal,*
L'une voyait les fleurs naître sur son passage,
Tandis que tout autour, sur le mont, dans le val,
La terre se séchait devant l'autre visage.

Je saurai t'arracher ces deux enfants chéris,
Dit l'une ; tu ne peux faucher pousse si tendre, —
A t'en croire, la Mort n'a point de favoris,
Dit l'autre ; oublîrais-tu que beaucoup, las d'attendre

L'effet de tes discours dans ce monde falot,
Ont, devançant les temps, tout quitté pour me suivre
Et qu'à ma lèvre pâle est advenu le lot
De charmer des amants pris du dégoût de vivre ?

Des points les plus divers je m'entends appeler,
A toute heure du jour on invoque mon aide,
Et ce sont tes enfans, ceux que sut affoler
Ce mal du lendemain dont j'ai le seul remède.

Tout ce qui fut créé doit vivre pour mourir...
Mais la pitié me prend ; je serai secourable
Sans montrer mon pouvoir et me laisse fléchir,
Je puis patienter, étant l'inévitable. —

La Vie, au même instant nous prenant par la main,
Nous désigna le lac où sommeillait Constance
Et j'entendis monter un hymne du matin
Qui reparlait encor de joie et d'espérance.

LA FILLE DU PÊCHEUR

FILLE *belle et revêche,*
Amarre ton canot
Et viens, sur l'herbe fraîche,
Causer à demi-mot.

Incline ton visage
Et foin de l'embarras !
Sur l'océan sauvage
Ne te risques-tu pas ?

Mon cœur, ainsi que l'onde,
A des remous grondeurs
Et mainte perle blonde
Dort en ses profondeurs.

Fille charmante et rude,
L'astre du soir paraît;
Viens, dans la solitude
L'amour trouve un attrait.

Enveloppe de chaînes
L'esprit tumultueux
Qui verra fuir ses peines
Grâces à tes aveux.

Le golfe qui s'échancre
Cèle un danger toujours;
En mon cœur jetté l'ancre
De la nef de tes jours.

LES PÊCHEURS DU LAC

Loin *de la tourbe humaine,*
Pêcheurs gais et dispos,
Nous avons pour domaine
La surface des flots.
Nous laissons la charrue
Pour jeter l'hameçon
Et guettons la venue
Du crédule poisson.

Nos gars ont une mine
Fleurie, un teint vermeil ;
Ils quittent la chaumine
Au lever du soleil,
Ils plongent, ils se baignent
Dans le flot glacial,
Et pieds nus, ils atteignent
Les pics au front royal.

Les filles en liesse
Entrent bientôt après

Le soir quand chacun tresse
Et travaille aux filets.
On jase et c'est merveille
Comme l'on rit de peu;
La mère tend l'oreille
En attisant le feu.

Si les barques s'avancent
Vers un golfe éloigné,
Les étoiles nous lancent
Des regards d'amitié.
Sur les sommets la lune,
La lune dans les flots,
Faisant route commune,
Nous suivent sur les eaux.

Nous bravons la tempête,
Insoucieux du sort,
Sur la planche où s'apprête
A nous frapper, la Mort.
Et nous bravons la masse
Qui lance notre esquif
Une fois dans l'espace,
Une fois au récif.

Le Seigneur, qui possède
La foudre dans ses mains,
Peut venir à notre aide,
Misérables humains !
Sous son aile superbe
Dorment à droits égaux
Le laboureur sur l'herbe,
Le pêcheur dans les flots.

LE CIEL EST PUR...

L E ciel est pur, le lac profond
      Et ma belle s'y mire,
Je me penche et je vois au fond
      Un ange me sourire.
Quel est ce sylphe aux cheveux d'or ?
      Dit-elle avec mystère. —
C'est ton portrait, mais, ô trésor !
      Tu m'es cent fois plus chère !
            Holdioh !

Si c'est mon portrait, cherche-le
      Pour parer ta demeure —
Regarde encor dans le lac bleu,
      Vois un enfant qui pleure,
Lentement il monte vers toi
      Pour te baiser la bouche...
Nous n'aurons pas besoin, je crois,
      De plonger dans sa couche,
            Holdioh !

NUIT EN MER

L^A mer a ses cent voiles
 Qui lui font une cour,
Le ciel a ses étoiles
Et moi j'ai mon amour.

Le flot doré déferle
Et s'enfle tour à tour ;
Plus que l'astre et la perle
Rayonne mon amour.

O vierge douce et blonde,
Viens à moi sans détour ;
Mon cœur, le ciel et l'onde...
Ils défaillent d'amour.

L'ÉCOLIER ERRANT

QUAND *les étoiles apparues*
Ont annoncé le soir nouveau,
Je me promène dans les rues
Et commence à chanter tout haut.
Le chant se glisse avec mystère
Au cœur des couples amoureux
Et loin de l'enfant solitaire
Chasse les spectres ténébreux,

En tous lieux où la lune tremble
Sur l'onde où blanchit les buissons,
Rien, vraiment, ne s'accorde ensemble
Comme l'amour et les chansons.
Sans recourir aux promenades,
Le roi David savait cela,
Quand il jouait des sérénades
Aux belles filles de Juda.

Cette coutume sage et bonne
A persisté jusqu'à ce jour,

Je crois porter une couronne
Lorsque je dis un chant d'amour.
Si les trônes s'en vont en poudre,
L'amour, lui, résiste aux frondeurs
Et le chanteur, bravant la foudre,
Est à jamais le roi des cœurs.

LES EXCURSIONNISTES

Par les sentiers de la campagne
　　Nous cheminons tout en chantant;
Le vieux géant de la montagne
Se dresse là, qui nous attend.
L'aurore luit et sa présence
Gonfle le sein rosé des fleurs,
Puis dans l'azur l'oiseau nous lance
Un bouquet de trilles jaseurs.

Midi répandu sur la plaine
Tombe des hauteurs du ciel bleu,
Le zéphire n'a plus d'haleine
Et la terre paraît en feu.
Cependant, sous la forêt sombre,
Nous faisons retentir le cor ;
L'un a rempli sa coupe à l'ombre,
Et sur l'herbe l'autre s'endort.

Mais déjà du fond des vallées
Remontent les rayons du jour ;

Il nous faut, des cimes voilées,
Descendre et songer au retour.
Nos chants joyeux ont mis en fête
Les hameaux ignorants du bruit
Et la Vapeur que rien n'arrête,
A la ville nous reconduit.

LA SCIERIE

A L'HEURE *où de la prairie*
  Le soir éteint les couleurs,
Je me rends à la scierie
Pleine de bruits tapageurs.
La scie en criant s'élève,
Elle s'abaisse en criant
Et sans relâche ni trêve
Suit son cours impatient.

Les sapins, qui du tonnerre
Là-haut bravaient les affronts,
Se sont allongés à terre
Sous les coups des bûcherons.
De la clairière infertile
Roulant vers les fonds herbeux,
Ils ont touché cet asile,
Voiturés par les grands bœufs.

Déjà l'eau se précipite
De son lit avec éclat :

La roue écume et palpite
Comme un cheval de combat.
L'acier gémit et soupire
Que cela résonne au loin,
Et les arbres qu'il déchire
S'amoncellent sur tout point.

Le sol regorge de planches,
Au travail d'intervenir.
L'art en ses diverses branches
Dit au bois de le servir,
Les ais simples et nus prêtent
Un réduit aux pauvres gens,
Lambris et panneaux revêtent
Les palais resplendissants.

Mais riche entouré de soie,
Pauvre traqué par la faim,
Un sort égal fait sa proie
De tes fils, ô genre humain !
La scie, avec quatre planches,
Offre à tous même maison,
Puis au printemps les pervenches
Sortent de sous le gazon.

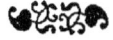

LE LAC DE COME

Nous longions doucement ta rive orientale,
  Beau lac environné de chalets gracieux.
Au marbre des palais la flore tropicale
Etage ses trésors en festons radieux.

Orangers et cactus ombragent les terrasses
Où de parfums subtils s'enivrent les oiseaux
Et sur les gradins blancs qui s'effritent par places,
Les miss comptent leurs pas réfléchis dans les eaux.

Bellaggio ! site aimé qui vous pénètre d'aise!
Ta rive resplendit de feux vénitiens
Et le canon qui part prévient la Milanaise
Que le bal pour s'ouvrir attend ses pieds mutins.

Il fait bon vivre ici ! Sous ces berceaux rustiques
Il fait bon saluer le Lario charmant,
Respirer à loisir les senteurs exotiques
Et déguster un vin comme l'onde écumant...

Visions du passé, félicités d'une heure!
Illusions d'amour qu'un souffle vient flétrir!
La mort et la folie ont vidé ma demeure
Et mon âme, encor plus vide, est triste à mourir!

LE VIN DE MAI

Par le train de plaisir emportés vers Mayence,
Nous voyions défiler les champs pleins de rumeurs,
Les coteaux verdissants où, fidèle à ses mœurs,
Le gai Palatinat travaille, boit et danse.

A peine descendus, le vin de mai nous rit
Dans la coupe où flottait l'aspérule odorante,
Muguet — reine des bois, dont l'haleine enivrante
Promet la joie au cœur et ravive l'esprit.

Tu bus et la liqueur mouilla ta claire ombrelle,
Bah! c'était Pentecôte : au-dessus des amants,
Le soleil sur le Rhin semait les diamants,
Le printemps éclatait et la vie était belle.

Dans le fond des forêts, au chant du rossignol,
La plante refleurit et parle de jeunesse...
Hélas! le souvenir est ma seule richesse,
Et vers d'autres climats l'amour a pris son vol.

BADENWEILER

SALUT *Badenweiler!*
Morceau d'Italie en terre allemande!
 Dont la source au flot clair
Donne au cœur brisé la paix qu'il demande.

 De la voûte des cieux
Un vent de guérison court à travers la plaine,
 Souffle mystérieux
Que la terre n'a point gâté de son haleine,

 Quel spectacle pourtant
A qui gravit des monts l'ossature empourprée :
 Le Rhin tout miroitant
Et des Vosges au fond la ceinture azurée !

 Géants entrelacés,
Les cîmes à leurs pieds contemplent les prairies
 Qui dans les yeux lassés
Réfléchissent le vert de leurs pentes fleuries.

Dans l'ombre qui brunit
Emerge d'une tour la paroi crevassée,
Ou d'un bloc de granit,
C'est la masse dans l'air par l'abîme lancée ;

Sur le rocher fendu
Apparaissent parfois les esprits de la mine,
Au touriste perdu
Désignant le filon d'une veine argentine.

Et dans le bois profond
Ce calme... traversé du cri que l'oiseau pousse,
Du murmure que font
Les ruisseaux cristallins sur la pierre et la mousse !

La vigne des coteaux
Anime le canton de sa luxuriance
Et met dans les caveaux
Un vin que dorera le contact de la France.

Donc viens, cède à ma voix,
Patient dont la vie aura faussé l'armure
Et comme le chevreuil qui traîne sa blessure,
Plonge-toi dans la source à l'ombre des grands bois.

LE BRIGAND DES CARPATHES

Sur le sommet de la montagne,
A l'ombre noire des sapins,
Dobosch que la crainte accompagne
Songe aux héros galiciens.

La hache en mains, d'une voix claire
Il appelle ses compagnons :
Voici l'instant de savoir plaire ;
Allons, hardi ! mes beaux mignons !

Que l'on festoie et que l'on rie !
Gaîment nous allons cette nuit
Boire les vins de la Hongrie
Et choquer le verre avec bruit,

Puis goûter la douceur suprême
De danser en chantant un air,
Chez la femme que Stéphane aime,
Dzvinka la belle au cœur si fier...

Quand l'ombre éclaira les ramures,
Le héros dans son sang gisait :
Il avait au cœur sept blessures,
A la tête il en avait sept.

Mais il put dire : ah! sur mon âme!
La branche folle suit sa loi.
Frères, gardez-vous de la femme,
Ou vous finirez comme moi.

CHINOISERIES

I

MESURE DU TEMPS

Les *fleurs partout ornent mes cours,*
Mais si je suis une journée
A ne te point voir condamnée,
Je crois avoir vécu sept jours.

J'ai des perles formant des chaînes,
Mais si tu restes, ô mon roi!
Une seule heure loin de moi,
L'heure se change en des semaines.

La rose brille en mes cheveux ;
Si je ne puis, infortunée!
Plonger mes yeux dans tes deux yeux,
L'instant pour moi c'est une année.

CHINOISERIES

II

DOUCE VENGEANCE

J'AVAIS *pour la saison mauvaise*
Préparé les fruits les plus doux,
Leur suavité t'eût rempli d'aise,
Mais toi, cédant à ton courroux,
Tu m'as de la maison chassée,
Avec mes fruits tu m'as laissée !

Une autre a captivé ton âme
De qui la beauté t'enivra ;
Court est le printemps de la femme,
Mais quand l'hiver s'approchera,
Tu viendras regretter peut-être
Mes fruits qu'il eût valu connaître.

LA FILLE DE L'YNCA

CRAIGNEZ, *oiseaux, de becqueter*
Le verger de notre maîtresse ;
Volez plus loin, pour contenter
La folle ardeur qui vous oppresse,
    Ay, tuya, tuya !

    Le fruit de nos micocouliers
    Est plein d'une douceur exquise,
    Mais ce n'est pas pour vos gosiers
    Qu'il se berce au gré de la brise,
        Ay, tuya, tuya !

    Modérez l'éclat de ces cris
    Dont vous remplissez le bocage,
    Vous finiriez par être pris
    Et pour vous s'ouvrirait la cage,
        Ay, tuya, tuya !

Si vous faites tort d'un seul grain
A Cousi, la douce colombe,
Percés par la flèche d'airain,
Le condor sera votre tombe,
Ay, tuya, tuya !

LES ÉTOURNEAUX

Quel est à l'horizon, quel est ce noir nuage
    Qui fend les flocons d'or éparpillés au ciel ?
Il s'étend, il grossit, s'allonge davantage,
Comme ces monstres vus par l'antique Ezéchiel.

Ce sont des étourneaux les épaisses colonnes
Qui font retentir l'air de mille cris stridents
Et puis vont se percher sur la cîme des aulnes
Qui cèdent sous le faix de ces chantres ardents.

Les voilà de retour des régions plus chaudes :
Vivace est demeuré chez eux le souvenir
Du quartier de jadis, favorable aux maraudes :
Bois que le vent berce, eaux qui ne peuvent tarir.

Comme ils font leur toilette et lissent leur plumage,
S'agaçant à l'envi, sonnant des carillons,
Et comme vers les nids remplis de leur ramage,
Ils glissent apportant et larves et grillons !

De tout oiseau, par eux la voix est contrefaite :
Ils singent, dans les jeux d'un vol insouciant,
Le trille réjoui de la vive alouette
Comme l'hymne plaintif du merle défiant.

Leur effort se résout dans une parodie,
Mais j'aime entendre aussi leur propre gazouillis,
Bavardage sans fin, bruyante rhapsodie,
Qui d'un Wagner sans doute inspira le fouillis.

Soyez les bienvenus, troupe alerte et folâtre,
Voyageurs étourdis, gais nonces du printemps,
Je laisse à vos ébats mon verger pour théâtre,
Le gîte en est meilleur que le bord des étangs.

De ce hangar poudreux occupez les solives,
Fripons que le raisin de ma vigne a grisés!
Mais je ne réponds pas que, par manque de grives,
Quelques-uns d'entre vous n'auront les cous brisés.

RUDESHEIM

Au bord du Rhin si vert où la nuit est si douce,
On peut voir s'étager les vignes et la mousse.

Sur le flanc des côteaux un spectre grand et fort
Apparaît tout à coup chargé de pourpre et d'or.

C'est Charles dit le Grand, et qui dans les vieux âges
Mit sa puissante main sur ces pays sauvages.

Sorti d'Aix-la-Chapelle, où l'ont couché ses preux,
Il aspire l'odeur du raisin savoureux.

A Rüdesheim la lune étincelle sur l'onde
Et dessine un pont d'or sous lequel le flot gronde.

L'empereur le traverse et s'avance à pas lents
Et bénit alentour les coteaux rutilants.

Puis il revient dans Aix et s'endort en sa tombe,
Dont jusqu'à l'an prochain le couvercle retombe.

Charles, honneur à toi ! Le Gaulois, le Germain
Marchaient au moins d'accord sous ta puissante main.

ROLANDSECK

D'ESPAGNE *on annonça que Roland le héros*
  Avait trouvé la mort au val de Roncevaux.

Aude sa fiancée aussitôt prit le voile
Et cacha ses attraits sous la bure et la toile.

Mais une autre rumeur courut le long du Rhin :
L'amour venait à bout de Roland, non l'airain.

Il se sentit percer le cœur d'un coup de lance
Quand il dut de sa belle abdiquer l'alliance.

Il choisit pour retraite un roc d'où sans repos,
Il pût voir le couvent émerger sur les flots.

Un chœur sacré monta d'une île verdoyante :
Roland d'Aude entendit la voix pieuse et lente

Et puis il se nourrit du miel de sa douleur
Jusqu'à ce que l'amour enfin brisât son cœur.

ḷ

VENISE

L E *léʒard gentiment et vite passe, passe*
   Comme un petit serpent de quatre pieds muni.
Il rampe, il glisse, il court... quelle mince crevasse,
Quelle herbe au fugitif a pu servir d'abri ?
Les fillettes qui vont et viennent sur la place
Sont pareilles, avec leurs cheveux drus et roux.
Tandis que l'une file et s'arrête et jacasse,
Sa robe d'organdi fait de charmants frou-frous.
Elles sont ici, là. Si vous perdeʒ leur trace,
Vous ne trouvereʒ plus rien pour votre œil jaloux.
Mais si vous ne craigneʒ ni recoins ni ruelles,
Suiveʒ-les dans leur antre, il n'est pas de cruelles.

DON JUAN

BALLADE

N'ALLEZ *pas plus avant, mon maître,*
  Vous disposez du monde entier
Et nul ne veut vous méconnaître,
Mais ici gît le cavalier
Que vous avez, hélas ! naguère
Expédié droit chez les morts ;
Il est là, taillé dans la pierre,
Evitez un dernier remords. »

« Vois-tu cette fille élancée
Qui chemine légèrement ;
Du vieux détourne ta pensée,
Je l'ai tué loyalement.
Auprès de son dernier asile
L'amour me semblera plus doux. »
Don Juan a dit et vers Séville
Il va poussant son coursier roux.

Comme il parade sur les dalles,
Dans le lointain s'élève un bruit

De guitares et de cymbales ;
Un cortège brillant les suit,
Il balance sur une belle
Les pans soyeux d'un large dais,
Même autour de la damoiselle
Chevauchent de gentils varlets.

« Quelle est, dis-moi, cette merveille,
— Elle me paraît de haut rang —
Qui s'approche douce et vermeille,
Dans les replis d'un voile blanc ?
Jamais sous la mante espagnole
Corps plus parfait ne respira.
Il faut quitter le ton frivole.
D'où vient, où va la senora ? »

« La belle qui trouble votre âme
Est la fille du comte Aimon ;
Inès va devenir la femme
Du marquis Diégo Ramon.
Le vieux père l'a demandée
Pour son fils qu'elle n'a point vu,
Et nous conduisons l'accordée
Qui tremble devant l'inconnu. »

« Mais le prétendant est-il digne
De ce joyau, de ce trésor?
Par Dieu! si sa fortune insigne
Ne lui donne point de ressort,
C'est moi qui vais prendre sa place
Et d'Inès rechercher la foi ;
Le bonheur sourit à l'audace
Et le désir me fait la loi. »

Et comme elle approche saisie,
Don Juan quitte son destrier ;
Il l'enlace avec courtoisie
Et dit ces mots d'un air altier;
« Devant vous paraît, damoiselle,
Le marquis Ramon Diégo;
Pour vous prouver quel est mon zèle,
De Madrid j'arrive au galop. »

L'assistance éclate en surprise;
Inès d'abord lève les yeux
Et puis les baisse : une cerise
Est d'un rouge moins gracieux.
Les feux d'un cavalier si tendre
Doivent être récompensés
Et les témoins crient sans attendre :
« Vivent les heureux fiancés ! »

« Bien! mes amis! mais que ma belle
Couronne ma flamme au plus tôt !
Entrons sans plus dans la chapelle,
Allez quérir prêtre et bedeau ! »
Vers le temple chacun se presse
Pour voir un couple si joli ;
L'orgue entonne un chant de caresse,
Le sacrement est accompli !

« Don Juan, mon maître, prenez garde,
Non loin d'ici le commandeur
Ulloa, veille et nous regarde...
Il faut passer malgré la peur.
Laissez dormir en paix son âme
Et ne dites pas un seul mot. »
« Je veux lui présenter ma femme,
Qu'il vienne souper au château. »

Le serviteur perdit ses peines
A vouloir entraîner Don Juan,
Qui semblait n'avoir dans les veines
Gardé pas une once de sang.
« As-tu remarqué son visage ?
L'œil aisément est ébloui.
Si de raison je n'avais l'âge,
Je croirais bien qu'il a fait : oui. »

On se rassemble pour la fête
Dans le palais du comte Aimon,
Mais Inès se creuse la tête
Pour savoir où serait Ramon.
L'on cherche dans la ville entière
Et rien ne parle de son sort...
Juan, près de l'image de pierre
Le lendemain fut trouvé mort.

LA MORT D'ORPHÉE

Les *tigres furieux, Orphée, à tes accents*
    N'adouciront plus leurs yeux aux cils fauves,
Tu n'apaiseras plus les zéphirs frémissants
    Ni ne remûras les rocs nus et chauves,
Car hélas! tu n'es plus et plonges aux douleurs
    Les Muses, surtout Calliope ta mère;
Comment donc sur ses fils verser encor des pleurs,
    Si le fils des dieux rentre aussi sous terre (1) *?*

(1) Antipater, dans Brunck, *II*, 24.

L'AMOUR

Où serait, sans l'amour, le plaisir de la vie ?
 Puissé-je mourir, si j'en perds l'envie !
La fleur de la beauté si chère à tous les yeux,
 Les douceurs du lit, le mystère heureux,
Tout passe et sans tarder vient la sombre vieillesse
 Qui réduit au pair laideur, gentillesse ;
L'homme, de mille soins accablé tour à tour,
 Contemple à regret la clarté du jour :
Odieux aux garçons, méprisé par les belles,
 Le sort lui gardait ces heures cruelles (1) !

(1) Mimnerme, dans Stobée, *Serm. LXI.*

CHARON & SA MÈRE

Charon, *aux clartés de la lune,*
    Ferrait d'argent son cheval noir :
Sa mère le surprend et lui dit : « la fortune
    Est prête à te combler ce soir,
Du moins ne ravis pas les enfants à leurs mères,
    Laisse aux sœurs l'appui de leurs frères
Et fais grâce aux époux dont les cœurs en commun
    D'Amour épèlent le poème. » —
« Sur trois, j'en frappe deux, et sur deux, j'en prends un;
    Où j'en trouve un seul, je le prends de même. »

LA CHANTEUSE

La *blonde Cora chantait en tissant :*
A l'écho de sa voix, au bruit de sa navette
   Le soleil se trouble... et l'astre puissant
D'un pas mal assuré sous l'horizon descend.
Sa mère le remarque et maudit la fauvette :
« Si tu ne connais pas les plaisirs de l'hymen,
Qu'un sort malicieux pèse sur ta jeunesse !
Si tu connais déjà leur charme souverain,
Puisses-tu ne jamais atteindre la vieillesse !
C'est à cause de toi que mon Soleil altier
   Tarde à se coucher dans l'onde,
Attentif à ta voix, au bruit de ton métier. »
« J'ai raison de chanter, répond Cora la blonde,
   Car mon époux depuis longtemps
Était parti, laissant une femme jalouse ;
Il m'envoie une lettre, et ce soir, je l'attends. »
La mère du Soleil alors bénit l'épouse :

« *Si ton cœur fut sevré des plaisirs de l'hymen,*
Qu'un sort délicieux préside à ta jeunesse!
Si tu connais à fond leur charme souverain,
        Puisses-tu vivre une longue vieillesse! »

LE CIMETIÈRE

JE venais de chez ma maîtresse
  Et cheminais tout soucieux :
Près du cimetière, je dresse
L'oreille et j'ouvre de grands yeux.

La lune entourait de lumière
La tombe du ménétrier ;
Une voix dit : Je viens, cher frère,
Et j'entends la pierre crier.

C'était Guilain qui de sa fosse
Sortait, portant son instrument ;
Sur son froid sépulcre il se hausse,
Puis joue et chante faiblement :

Connaissez-vous encor cette chanson antique
Qui pénétrait les cœurs d'une flamme magique,
  Cordes au son sinistre et sourd ?
Les anges l'ont nommée un délice céleste,
Les diables l'ont nommée un mal trois fois funeste,
  Les hommes le nomment amour.

A peine eut retenti dans l'air ce mot suprême,
    Que les tombeaux s'ouvrirent tous ;
Mille spectres légers à la figure blême
Apparaissent soudain et chantent d'un ton doux :

    Amour, amour, c'est ta puissance
    Qui nous a couchés dans ces lits
    Où du jour manque la présence !
    Pourquoi troubler nos calmes nuits ?

Et le troupeau confus se lamente et bourdonne,
Murmure et geint, ou bruit comme fait le grillon ;
Alentour de Guilain le cercle tourbillonne,
Puis le ménétrier reprend son violon ;

    Bravo ! bravo ! troupe effrénée !
    Vous avez compris mon appel.
    Nous reposons toute l'année
    Dans un silence solennel ;

    Aujourd'hui mettons-nous en joie ;
    Mais regardez, sommes-nous seuls ?
    Que nul étranger ne nous voie
    Debout ici dans nos linceuls !

Nous étions de grands fous, mes frères,
Lorsque émus de folles ardeurs,
Nous laissions nos âmes entières
En proie à d'aveugles fureurs.

Le moment est propice au rire :
Chacun va conter à son tour
Ses aventures, son martyre
Dans la chasse au plaisir d'amour.

Et du cercle sortit une forme tremblante,
Un spectre qui parla d'une voix glapissante :

J'étais un apprenti tailleur,
Avec les ciseaux et l'aiguille ;
Avec les ciseaux et l'aiguille
Expéditif et travailleur ;
Du patron vint la blonde fille,
Avec les ciseaux et l'aiguille ;
Avec les ciseaux et l'aiguille
Elle me piqua droit au cœur.

Les esprits d'éclater d'un rire franc et brave ;
Un second s'avança silencieux et grave :

Charles Moor et Rinaldini,
Schinderhannes, Orlandini
Et d'autres, furent les modèles
Que je pris pour guides fidèles.

De plus j'étais un amoureux
De force à marcher avec eux,
Car des femmes la plus parfaite
Me tourna tout à fait la tête.

Je poussais de mornes soupirs
Et, dans le feu de mes désirs,
Ma main, sans peur et sans reproche,
Du voisin explora la poche;

Mais la police eut des rancœurs
A me voir essuyer mes pleurs
Dans le mouchoir qu'un personnage
Portait sur lui pour son usage.

Et, selon la mode du guet,
On me saisit par le collet,
Puis on ferma sur moi la porte
D'une maison antique et forte.

Absorbé là dans mon amour,
Je filais tout le long du jour,
Quand de Rinaldo la grande ombre
Vint m'emporter au séjour sombre.

On entendit alors un rire débordé.
Un troisième avança, radieux et fardé :

Je fus jadis un roi des planches
Et je jouais les amoureux,
Combien je serrai de mains blanches !
Que de fois je beuglai : grands dieux !

Mortimer fut mon meilleur rôle...
Marie était belle à plaisir !
Pourtant, malgré mes tours d'épaule,
Elle ne voulait pas saisir ;

Un soir qu'à la fin de la pièce,
Je criais désespérément,
Je pris mon arme avec vitesse
Et me piquai... profondément.

Les esprits d'éclater comme une vaste ruche.
Un quatrième vint en habit de peluche ;

Le professeur en chaire ânonnait sa leçon
Et moi je m'endormais sur mon banc, pauvre drille!
Mais j'aurais mieux aimé roucouler ma chanson
      Auprès de sa charmante fille.

Elle me faisait signe avec un air mutin,
Ce soleil de mes jours, cette fleur accomplie;
Mais cette fleur des fleurs, un beau soir par la main
      Sèche d'un richard fut cueillie;

Je donnai lors au diable et richesse et beauté ;
Je mêlai dans mon vin le suc des jusquiames
Et fus trinquer avec la mort: à ta santé,
      Dit-elle, et nous nous embrassâmes.

Les esprits d'éclater d'un rire franc et fou.
Un cinquième avança la corde autour du cou.

      Quand je buvais avec le comte,
Il me vantait sans fin sa fille et ses bijoux ;
      Ses bijoux, je n'en tenais compte,
Quant à sa chère fille, elle entrait dans mes goûts,

Mais la belle était bien gardée
Et le comte gageait des serviteurs nombreux ;
Je persiste dans mon idée
Et je grimpe à l'échelle en héros amoureux ;

Puis j'escalade la fenêtre ;
Soudain au bas, j'entends une voix en courroux :
Tout beau ! mon cher, je veux en être ;
Autant que vous, Monsieur, j'adore les bijoux.

Le comte, ainsi raillant, m'empoigne,
Et des valets la bande excite son ardeur :
Au diable ! dis-je, qu'on s'éloigne !
Je suis un ravisseur, et non pas un voleur,

Ma démonstration fut vaine,
Et l'on mit promptement une corde à mon cou ;
Le soleil levé sur la plaine,
De me voir au gibet s'émerveilla beaucoup.

Les esprits d'éclater et de se mettre en fête.
Le sixième qui vint portait en main sa tête :

Pour me désennuyer de mes chagrins d'amour,
Je pris ma carabine et partis pour la chasse ;
D'un arbre tout à coup vient un cri morne et sourd :
Tête à bas ! tête à bas ! fait l'oiseau qui croasse ;

Si je pouvais au moins découvrir un ramier,
Je le rapporterais, pensais-je, à ma maîtresse ;
Et puis je promenais un regard d'épervier
Dans les buissons épais témoins de mon adresse.

Quel est ce bruit de becs, ce concert animé ?
Des tourtereaux en qui l'amour brûle et frissonne ?
Je m'avance à pas lents et le fusil armé :
Que vois-je ? Dieu ! c'était ma maîtresse en personne !

Ma tourterelle à moi, mon amie et ma sœur,
Par un homme inconnu tendrement enlacée :
Il s'agit maintenant de bien viser, chasseur ! —
Et le bel inconnu gît dans l'herbe glacée !

Fortement garrotté par les gens du bourreau,
Je traversai ce bois où j'allais à la chasse ;
Sur un arbre voisin j'aperçus un corbeau :
Tête à bas ! tête à bas ! fit l'oiseau qui croasse.

Et les esprit de rire en chœur et de crier.
A son tour s'avança le vieux ménétrier :

J'ai chanté jadis mainte chansonnette
Au son des crincrins ;
Quand le cœur se brise, adieu la goguette
Et les gais refrains !

Le rire alors redouble et parcourt la demeure
Où plane et flotte en rond le nébuleux troupeau ;
Tout à coup du clocher l'horloge sonne une heure
Et les spectres plaintifs rentrent dans le tombeau. (1)

(1) D'après Heine.

TABLE

Dijon, imprimerie Darantière

Librairie Léon VANIER, 19, quai Saint-Michel, Paris

Envoi franco contre Timbres-poste ou Mandat

NOUVELLES POÉSIES

Dijon, imp. Darantiere